그림 아이

그림 아이

초판 1쇄 펴낸날 2018년 1월 25일
초판 2쇄 펴낸날 2019년 7월 15일

글 조경숙 | 그림 오윤화
펴낸이 서경석
책임편집 류미진, 김설아 | 디자인 최진실
마케팅 서기원 | 제작·관리 서지혜, 이문영
펴낸곳 청어람주니어 | 출판등록 2009년 4월 8일(제 313-2009-68호)
주소 경기도 부천시 부일로483번길 40 (14640)
전화 032)656-4452 | 팩스 032)656-4453
전자우편 juniorbook@naver.com
블로그 http://blog.naver.com/juniorbook
페이스북 http://facebook.com/chungeoramjunior

ISBN 979-11-86419-38-0 44810
      979-11-86419-32-8(세트)

이 도서의 국립중앙도서관 출판시도서목록(CIP)은 서지정보유통지원시스템 홈페이지(http://seoji.nl.go.kr)와
국가자료공동목록시스템(http://www.nl.go.kr/kolisnet)에서 이용하실 수 있습니다.(CIP제어번호 : 2017033823)

그림 아이

청어람주니어
Chungaram Junior

변화하는 나

사람은 태어나면서부터 끊임없이 변합니다. 누워만 있다가 앉게 되고 곧 서서 말도 합니다. 그러곤 학교에 가고 친구를 사귀고 어른이 됩니다. 키도 커지고 힘도 세집니다. 그것을 발전이고 성장이라고 하지요. 그러다 어느 순간부터 그러한 변화가 없어집니다. 아니, 변화가 없어진 게 아니라 다른 변화가 찾아오지요. 여태까지가 오르막이었다면 이제 내리막이 시작된 겁니다. 더 이상 키가 크지 않고 더 이상 힘이 세지지도 않습니다. 모든 기능이 나빠지기 시작합니다. 눈도 나빠지고 흰머리가 생기고 얼굴과 손에는 주름이 보입니다. 기억력도 예전 같지 않지요.

그런 할머니가 혼자 살고 있습니다. 이런저런 실수를 하면서요. 어느 날 할머니에게 한 소년이 찾아옵니다. 놀랍게도 그림 속에서 나온 소년입니다. 100년 동안이나 소년의 모습으로 살고 있다네요? 태어나서 자라고 그런 단계 없이 한 모습으로 있는 겁니다. 그래서 그림 속 사람들은 늙는다는 게 뭔지 궁금해합니다.

그걸 말해 줄 사람은 할머니밖에 없습니다. 할머니는 곰곰 생각하지요. 그리고 어떤 대답을 내놓았을까요?

과학은 인간의 노화에 대해 끊임없이 연구해 왔습니다. 하지만 아직 노화를 막을 방법은 찾지 못했습니다. 그러다 어느 순간 그 방법을 찾게 되고 모두의 노화가 멈추는 날이 온다면 어떻게 될까요? 우리는 할머니처럼, 노인이 된 소년처럼 선택을 해야 할지도 모릅니다. 앞으로 계속 변하면서 죽음을 맞을지, 아니면 한 모습으로 남아 영원히 살아갈지를요. 여러분이라면 어떤 선택을 하게 될까요?

조경숙

| 차례 |

01   힘든 하루 ___. 8

02   그림에서 나온 소년 ___. 13

03   100살 소년 ___. 19

04   그림 식사 ___. 25

05   전시장 소동 ___. 36

06   **그림 배탈**   **49**

07   **늙는다는 게 뭐야?**   **60**

08   **한꺼번에 달려드는 시간**   **77**

09   **마지막**   **92**

힘든 하루

그날은 할머니에게 지독한 날이었다.

움직이지 않는 엘리베이터 안에 서 있다가 앞집 아기 엄마가 타고 나서야 버튼을 누르지 않은 걸 깨달았고, 은행에 가서는 비밀번호가 생각나지 않아 돈을 찾지 못하고 돌아섰다. 더 심한 건 슈퍼에서였다. 설탕과 과일을 사려고 슈퍼에 들어서던 할머니는 쿵! 유리문에 머리를 박고 주저앉았다.

슈퍼 주인아저씨가 비명을 지르며 뛰어왔다.

"아이고, 할머니! 괜찮으세요?"

할머니는 아픈 것보다 창피해서 설탕도 과일도 사지 않고 그냥 돌아섰다.

아무것도 못 하고 터덜터덜 집으로 돌아가
던 할머니는 안경점 앞에서 걸음을 멈췄다.

"그래! 이 모든 일은 눈이 나빠 생긴 거야."

할머니는 안경점으로 들어가 당장 안경을
맞췄다. 그리고 빙글빙글 도는 안경을 쓰고
집으로 향했다.

집에 거의 도착했을 때였다. 할머니는 쓰
레기 더미 속에서 무언가를 발견했다. 그것
은 과일이 풍성하게 그려진 그림 액자였다.

할머니는 액자를 집어 들었다.

"호오, 썩 괜찮은 그림인걸? 누가 이렇게
멋진 그림을 버렸을까?"

할머니는 그림을 집으로 가져가 먼지를 털고 닦아 낸 후 거실 창가에 놓았다. 그러고는 흡족하게 고개를 끄덕였다.

　"그래, 딱 좋군. 우리 집이랑 잘 어울려."

　할머니는 늦은 점심을 먹기 위해 주방으로 가서 가스 불 위에 찌개 냄비를 얹었다. 그리고 찌개가 끓는 동안 드라마를 보려고 TV를 켰다. 때마침 할머니가 좋아하는 드라마가 방영 중이었다.

　"아이고, 주인공이 어떻게 되었더라?"

　할머니는 드라마에 빠져 냄비를 까맣게 잊어버렸다. 집 안에 연기가 가득 차고서야 늦은 점심과 불 위에 얹었던 냄비를 생각해 내고 주방으로 뛰어갔지만, 냄비는 새카맣게 타 버린 뒤였다.

　밤이 되자 할머니는 욕조 가득 뜨거운 물을 받아 녹초가 된 몸을 담갔다.

　"오늘은 너무 힘들었어."

　솔솔 피로가 풀리며 할머니는 욕조 안에서 깜빡 잠이 들고

말았다. 10분이 지나고 20분이 지나도 할머니는 깨어나지 않았다. 그러자 거실 쪽에서 누군가가 나타나 목욕탕으로 들어왔다. 그림자는 잠시 망설이더니 할머니를 흔들어 깨우곤 후다닥 사라졌다. 어리둥절 눈을 뜬 할머니는 물속에 있는 자신의 모습에 그만 울음을 터뜨리고 말았다.

02　그림에서 나온 소년

　다음 날, 할머니는 다른 날보다 이른 시간에 눈이 떠졌다. 어제 일이 생각나 조금 우울했지만 자리에서 일어났다.

　"축 처져 있다고 도움이 되지는 않아."

　할머니는 언제나처럼 세수를 하려고 목욕탕에 들어갔다. 그런데 목욕탕 바닥에 흙 발자국이 이리저리 찍혀 있었다.

　"이게 뭐람?"

　흙 발자국은 거실까지 이어져 그림 액자 밑에서 끝이 났다.

　할머니는 액자를 보며 한참 기억을 더듬었다. 그리고 고개를 끄덕였다.

　"더러워진 액자를 닦느라 내 발 닦는 걸 잊은 게로군."

　할머니는 목욕탕에서 액자 밑까지 흙 발자국을 깨끗이 청소한 다음 주방으로 가서 식사를 했다. 혼자 먹는 식사는 단출했다. 늘 먹는 김, 김치, 장조림이 다였다.

　"쯧쯧. 어제 냄비를 태우지만 않았어도……."

다시 어제 일이 떠올라 울적해지고 반찬 한 가지가 줄어 아쉬웠지만 그래도 할머니는 밥 한 그릇을 비웠다.

같은 시간, 거실에서도 누군가가 식사를 했다. 그러나 귀가 어두운 할머니는 알아채지 못했다.

식사를 마친 할머니는 간단한 설거지를 끝낸 후 커피 한 잔을 들고 거실 소파에 앉았다. 커피 향이 퍼지고 햇살이 거실로 스며들자 할머니의 마음도 조금 누그러졌다.

"실수하지 않는 사람이 어디 있어? 다 실수하며 사는 거지."

할머니는 커피를 한 모금 마시며 느긋하게 창 쪽으로 고개를 돌렸다. 거기 어제 쓰레기 더미에서 가져온 그림 액자가 있었다.

"과일들이 참 싱싱해 보여."

햇살을 받은 그림은 다시 봐도 훌륭했다.

"어디에 걸면 좋을까?"

이리저리 생각한 끝에 할머니는 액자를 거실 소파 위에 걸었다. 정말 맞춤한 자리였다.

할머니는 한 발 물러나 그림을 감상하며 커피를 한 모금 마셨다. 그때 그림이 울렁거리는 것 같았다. 할머니 속도 울렁거렸다.

"내 눈이 어떻게 됐나?"

할머니는 그림을 보다가 문득 어제 일을 떠올렸다.

"이상해. 어젯밤에 목욕탕에서 누군가를 본 것 같은 생각이 자꾸 든단 말이야."

할머니는 금세 고개를 저었다. 그건 말도 안 되는 일이었다. 혼자 사는 집이라 할머니 외에 다른 사람은 있을 수 없었다.

할머니는 안경을 위로 올렸나 내렸다 했디.

"어제 맞춘 이 안경이 이상한가 봐. 오늘 당장 가서 물러 달라고 해야겠군."

그때였다. 그림에서 한 아이가 툭 튀어나왔다. 두툼한 외투를 입은 소년이었다.

"아이고머니!"

할머니는 너무 놀라 커피 잔을 떨어뜨리며 그 자리에 주저앉고 말았다.

소년도 놀란 얼굴로 멈춰 섰다.

할머니는 자신의 볼을 꼬집었다.

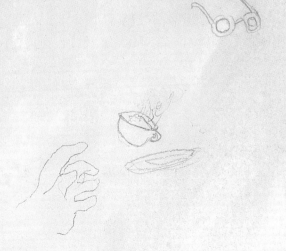

"이건 꿈이야. 꿈일 거야."

하지만 볼이 너무 아팠다.

할머니는 얼얼해진 볼을 어루만지다가 바닥에 떨어진 커피 잔과 커피 얼룩을 보았다. 그리고 소년의 신발에 눈이 갔다.

할머니가 벌컥 화를 내며 일어났다.

"남의 집에 불쑥, 그것도 신발을 신은 채 들어오다니!"

소년은 허둥지둥 신발을 벗었다. 하지만 할머니의 호통은 계속됐다.

"네가 더럽힌 걸 청소해야지! 이 흙들 좀 봐라."

할머니는 걸레 두 개를 들고 왔고 할머니와 소년은 엉덩이를 씰룩거리며 커피 얼룩과 신발 자국을 지웠다.

할머니는 걸레질을 하며 신발 자국을 어디서 많이 본 것 같다고 생각했지만 그 자국을 닦아 내면서 곧 잊었다.

깨끗이 청소가 끝나자 할머니는 소파에 길게 누웠다.

"아이고, 오늘 아침엔 왜 이리 피곤하누."

할머니는 몇 초도 지나지 않아 낮게 코를 골았다.

소년은 할머니를 내려다보며 중얼거렸다.

"어휴, 살짝 내다만 본다는 게 그만……."

소년은 다시 그림 속으로 들어가며 말했다.

"어쨌든 더러운 시궁창 냄새를 안 맡게 해 줘서 고마워. 길고양이들의 공격을 안 받게 해 줘서 고마워. 추위에 떨지 않게 해 줘서 고마워."

잠시 후 깨어난 할머니는 어리둥절했다.

"아침부터 내가 왜 낮잠을 잤지?"

할머니는 소파에서 일어나다가 액자가 약간 삐뚤어져 있는 것을 보고 고개를 갸웃했다.

03

100살 소년

다음 날 아침, 할머니는 밥을 떠서 식탁 앞에 앉다가 문득 어제 일이 떠올랐다. 그러나 이내 고개를 저었다.

"요즘 내가 왜 이러지? 말도 안 되는 생각을 자꾸 하다니. 내가 너무 혼자 오래 살았나 봐."

할머니는 넌서 국을 한 입 먹었다. 달큼한 맛이었다.

"하지만 세상엔 별일이 다 많지. 있을 수 없는 일이란 없으니까."

할머니는 아침 식사를 마치고 여느 때처럼 커피 한 잔을 들고 거실로 가다가 그림 앞에 멈춰 섰다. 그리고 그림을 자세히 들여다보았다. 과일 접시 뒤로 희미하게 소년의 모습이 보였다.

"그림 속에 아이가 있었네? 왜 여태 저 아이를 못 봤지?"

그런데 소년의 모습이 어쩐지 낯이 익었다.

할머니는 터무니없다고 생각하면서도 그림 속 소년에게 말했다.

"거기 너니? 어제 그 아이가 맞다면 다시 한 번 내게 모습을

보여 주렴. 안 그러면 나는 내가 망령이 난 거라고 생각할 거야."

그러자 그림이 울렁거렸다. 어제도 그랬다. 그리고 곧 그림 속에 있던 소년이 튀어나왔다. 할머니는 놀라 한 발 뒤로 물러났다.

"망령 난 거 아니야!"

소년의 말에 할머니는 도로 한 발 가까이 다가섰다.

"내가 망령이 난 게 아니라고?"

얼이 빠져서 중얼거리던 할머니가 갑자기 화를 냈다.

"이런 버르장머리를 봤나! 어린놈이 늙은이에게 반말을 하다니!"

소년이 빙긋 웃었다.

"이래 봬도 나이는 내가 더 많을걸?"

"버르장머리에 허풍까지!"

할머니가 얼굴까지 붉히며 화를 내자 소년이 자기가 나온 그림을 가리켰다.

"잠깐만! 흥분하지 말고 여길 봐. 이 그림 속 사인 보여?"

할머니가 안경을 올리고 그림을 들여다보았다.

"보여. 그런데?"

"자세히 좀 보라고. '1923년 2월'이라고 되어 있잖아."

확실히 그렇게 쓰여 있었다.

"그래서?"

소년이 답답하다는 듯 말했다.

"아직도 모르겠어? 이 그림이 그려진 날짜가 1923년 2월이니까 내가 세상에 태어난 날도 1923년 2월인 거야. 더구나 이 모습 그대로 태어났으니 100살 가까이 된 거지. 그러니까 난 할머니에게 존댓말을 쓸 이유가 없단 말이야. 사실 할머니가 내게 존댓말을 해야 옳지. 안 그래?"

할머니는 기가 막혔다. 그림 속에서 사람이 튀어나온 일보다 기껏해야 열서너 살 정도로밖에 보이지 않는 소년이 할머니보다 나이가 많다는 게 더 믿기지 않았다.

할머니가 어안이 벙벙해진 얼굴로 말을 잇지 못하자 소년이 어깨를 으쓱했다.

"그렇다고 할머니가 내게 존댓말을 하는 것도 싫어. 그거 진짜 어색할 거 같거든. 어때? 우리 서로 편하게 말하자고."

할머니는 소년의 말이 이해되지 않았지만 어쨌든 나쁘지 않다고 생각했다.

"그건 계속 나를 찾아올 거라는 소리니?"

그날부터 할머니는 새벽에 눈을 뜨는 게 즐거워졌다.

할머니는 늘 깊은 시간에 이른 아침을 먹고 커피를 한 잔 타서 거실로 갔다. 그리고는 문을 두드리듯 그림을 톡톡 두드렸다. 그러면 소년이 그림에서 튀어나왔다. 소년은 할머니가 아주 깔끔한 성격인 것을 알았기 때문에 신발을 꼭 손에 들고 나왔다.

할머니는 소년이 오고부터 약을 어디에 두었는지 몰라 하루 종일 찾아 헤매지 않아도 되었고, 냉장고 문을 닫지 않은 채 한나절이 지나가는 일도 없어졌다. 불 위에서 냄비가 타는 일도 생기지 않았고, 설탕을 사러 갔다가 소금을 사 오는 일도 없어졌다.

무엇보다 늘 혼잣말을 하던 할머니는 누군가와 이야기를 하게 되어 기뻤다. 소년도 실수투성이 할머니를 돕는 게 재미났다. 제일 신이 나는 건 좁은 그림 틀에 갇히지 않아도 된다는 것이었다.

소년은 차츰 할머니가 깨우기 전에 할머니를 찾아오곤 했다. 가끔은 할머니가 일어나기 전에 거실을 서성거리기도 했다.

04

그림 식사

어느 날 할머니가 물었다.

"너는 어떤 음식을 좋아하니?"

소년이 대답했다.

"다! 난 가리는 거 없어."

할머니가 흐뭇하게 웃었다.

"암, 그래야지. 잘 됐구나. 우리 내일부터는 함께 밥을 먹자."

소년이 깜짝 놀라며 고개를 저었다.

"안 돼!"

"왜 안 돼? 함께 밥을 먹는 건 아주 중요한 일이야. 식구가 되는 거거든."

소년은 잠시 머뭇거리다가 대답했다.

"이건 비밀인데……. 우린 아무거나 먹지 않아."

"우리? 우리라니? 우리가 누군데?"

소년은 누가 들을세라 작게 말했다.

"그림 세상 사람들."

"그림 세상 사람들? 너 말고도 너 같은 사람들이 있다는 소리니?"

소년이 고개를 끄덕였다.

할머니는 죽는 날까지 더 이상 놀랄 일은 없을 거라고 생각해왔다. 그러나 소년을 만나고부터는 매일이 놀라운 일투성이였다.

"그, 그림 세상은 어떤 곳이니?"

소년은 곰곰 생각하다 대답했다.

"그냥 조용한 곳이야."

그리고 덧붙였다.

"평화로운 곳이지."

할머니가 고개를 절레절레 저었다.

"정말 오래 살고 볼 일이구나. 그림 세상이라니. 상상이 안되지만 어쨌든 네가 그림에서 나온 걸 내가 봤으니 그 말도 믿을 수밖에."

소년이 어깨를 으쓱했다.

"안 믿어도 할 수 없지 뭐."

"그건 그렇다 치고 넌 매일 뭔가를 먹잖아. 내가 밥을 먹을 때 너도 식사를 했어. 그렇지?"

"응."

"그럼 네가 먹은 것들은 뭐야?"

"그건 그림 속 음식이야. 우린 그림 속 음식만 먹어."

할머니는 거실 벽의 그림을 올려다보았다.

"저기엔……. 과일밖에 없는데? 과일만 먹고 어떻게 사니?"

"할 수 없지 뭐."

"이런, 이런! 그래서야 안 되지!"

소년이 입을 삐죽였다.

"어쩔 수 없다니까!"

할머니는 소년을 안타깝게 보다가 갑자기 눈을 빛냈다.

"좋은 수가 있어!"

"좋은 수?"

할머니가 들뜬 목소리로 말했다.

"전시장에 가는 거야!"

"전시장?"

"전시장 몰라? 그림들을 걸어 놓는 곳 말이야!"

소년이 시큰둥하게 물었다.

"그림 좋아해?"

할머니가 싱글싱글 웃었다.

"그럼! 좋아하고말고! 특히 먹을 게 잔뜩 나온 그림들을 정말 좋아하지."

소년의 눈이 휘둥그레졌다. 그러더니 곧 펄쩍펄쩍 뛰었다.

"근사해! 진짜 굉장한 생각이야! 어서 가자고, 어서!"

할머니가 금세라도 뛰어나갈 것 같은 소년을 잡았다. 그리고 소년을 아래위로 훑어보더니 고개를 저었다.

"우선 네 옷부터 사자. 그렇게 두꺼운 옷을 입고 나갔다간 사람들이 이상하게 볼 거야. 우선 너부터 더워 못 견딜 거고."

"난 괜찮아."

"지금은 초여름이라고. 게다가 그건 너무 옛날식 옷이잖아."

소년이 발끈했다.

"내가 겨울에 태어났으니 그렇지. 그리고 이건 그때 한창 유행하던 멋쟁이 옷이라고!"

"알았어, 알았어. 하지만 이제 새 옷도 입어 보고 싶지 않니? 네 말대로라면 그 옷을 100년 동안이나 입고 있었다는 거잖아!"

할머니는 소년을 데리고 아동복 가게로 갔다. 그리고 소년을 위해 하얀 남방에 청바지, 가벼운 운동화를 샀다.

할머니는 소년에게 새 옷을 입히고 빙글빙글 돌려 보았다.

"젊었을 때 우리 애들에게 이렇게 옷을 사 주곤 했어. 그때가 참 좋았지."

소년도 산뜻한 옷에 가벼운 신발을 신자 기분이 좋았다. 하지만 할머니가 만나는 사람마다 소년을 손자라고 자랑하는 바람에 당황했다.

전시장으로 가는 버스 뒷좌석에 나란히 앉자마자 소년이 투덜거렸다.

"내가 어째서 할머니 손자야?"

할머니가 하품을 하며 대수롭지 않다는 듯 말했다.

"그럼 뭐라고 해? 사람들은 그게 당연하다고 생각할걸? 그리고 내 손자로 있어야 너도 편할 거야."

"필요 없어! 난 할머니 손자가 아니라고! 몇 번이나 말해야 알겠어? 난 할머니보다……"

소년이 씩씩거리는데 할머니의 머리가 툭 하고 소년의 어깨에 닿았다. 돌아보니 할머니는 어느새 푹푹 잠이 들어 있었다. 할머니의 주름진 얼굴 위로 흰 머리카락 몇 가닥이 흘러내렸다. 소년은 어깨를 세워 할머니의 머리가 흔들리지 않게 하고 조심조심 흰 머리카락을 쓸어 넘겨 주었다.

05

전시장 소동

신기하게도 할머니는 내려야 할 정류장에서 눈을 떴고 두 사람은 서둘러 버스에서 내렸다.

대낮이었고 거리에는 사람들이 많았다. 길을 따라 양옆으로 크고 작은 전시장들이 끝없이 이어져 있었다. 사람들은 그 건물들 사이를 물고기처럼 요리조리 헤엄치는 것 같았다. 할머니와 소년도 사람들 틈에 섞여 걷다가 한 전시장으로 들어갔다.

전시장에는 아무도 없었다. 둘은 아주 천천히 그림을 보았다. 포동포동 귀여운 아이들 그림도 있고 파도가 치는 시원한 바다 그림도 있었다. 그리고 드디어 소년이 한 그림 앞에 멈춰 섰다. 고기와 빵과 음료수가 반지르르하니 먹음직스럽게 보이는 그림이었다. 할머니는 그림 속 음료수가 포도주 같아서 꺼림칙했지만 소년을 남겨 두고 전시장 중앙에 놓인 의자에 앉아 아픈 다리를 주물렀다.

소년은 주변에 아무도 없는 것을 확인하더니 그림 속으로 들어갔다. 곧이어 그림에서 와그작와그작 쩝쩝 소리가 났다. 홀짝 소리가 날 땐 할머니 가슴이 덜컹 내려앉았다.

"저게 진짜 포도주면 어떡하지? 애가 취하면 안 되는데."

그때 전시장 안으로 누군가가 들어왔다. 할머니는 그가 전시장의 그림들을 그린 화가라는 걸 한눈에 알아보았다.

할머니가 음식 그림 앞으로 가서 낮게 소리쳤다.

"화가가 왔어. 소리 내지 마!"

그러자 그림 속 소년이 딸꾹질을 했다.

"딸꾹, 딸꾹!"

화가가 소년의 딸꾹질 소리를 들을까 봐 할머니도 딸꾹질 소리를 냈다.

"딸꾹! 딸꾹……."

화가가 그 소리를 듣고 물을 한 잔 가져왔다.

"이걸 좀 드셔 보세요."

할머니는 물을 조금 마셨다.

"고마워요. 아주 친절한 분이로군요."

"괜찮으십니까?"

"예, 예. 이제 아무렇지 않아요. 그런데 말이에요……."

할머니는 음식 그림과 뚝 떨어진 곳에 있는 그림을 가리켰다.

"그림들이 모두 훌륭하군요. 특히 저기 저 집 그림이 참 좋네요. 어서 집에 가고 싶게 만드는 그림이에요."

할머니는 음식 그림 쪽을 보며 목소리를 높였다.

"그러려면 손자가 빨리 와야 할 텐데 말이에요."

"아, 손자분을 기다리시는군요."

화가는 할머니가 가리킨 집 그림 앞으로 갔다. 그러고는 고개를 끄덕였다.

"집에 가고 싶게 만드는 그림이라고? 오오, 정말 멋진 말이야!"

화가가 자신의 그림에 취해 있는 것을 본 할머니는 소년이 들어간 그림 액자를 두드렸다.

"아직 거기 있는 거지? 어서 나와! 아이고, 심장이 쪼그라들겠어."

소년이 기다렸다는 듯 음식들을 잔뜩 안고 그림 밖으로 나왔다.

"그건 다 뭐니?"

소년은 대답은 않고 헤실헤실 웃기만 했다.

"왜 자꾸 웃는 거야?"

할머니는 불안한 생각이 들었지만 그런 걸 따지고 있을 시간이 없었다.

"일단 어서 여기서 나가자!"

할머니는 서둘러 소년이 안고 있는 음식들을 가방에 쓸어 담고 소년의 손을 잡아끌었다. 많은 음식이 들어갔는데도 가방은 전혀 무거워지지 않았다.

할머니는 전시장을 나오자마자 걸음을 멈췄다. 그리고 코를 킁킁댔다.

"이게 무슨 냄새지? 너에게서 달달한 냄새가 나는걸?"

소년의 얼굴이 발그레했다. 그림 속 음료수가 포도주였던 게 틀림없었다.

"너……"

그때 화가의 목소리가 들려왔다.

"어? 이 그림이 왜 이렇지?"

할머니가 전시장 안을 들여다보았다. 화가는 방금 소년이 빠져나온 음식 그림 앞에 서서 고개를 갸웃거리고 있었다.

할머니도 그림을 보았다.

"아이고, 저를 어째!"

먹음직해 보였던 그림 속의 음식들이 모두 상한 것처럼 보였다.

할머니가 깜짝 놀라 소년에게 물었다.

"그림이 왜 저런 거야?"

소년이 히죽히죽 웃었다.

"음식들이 어찌나 맛있는지 말이야."

"무슨 말을 하는 거야? 그림이 왜 저렇게 됐는지 물었잖아!"

"그러니까 내가 말했잖아. 음식들이 너무 맛있었다고. 그래서 내가 음식들을 꺼내 왔거든."

할머니가 놀라 가방을 들여다보았다.

"이게 저 그림에서 가져온 거야?"

"응. 그런데 말이야. 홀짝홀짝 맛있는 음료수도 있었어. 처음 먹어 봤는데 기분도 막 좋아져."

할머니가 한숨을 푹 쉬었다.

"그건 술이라는 거야. 넌 술을 마신 거라고."

할머니는 잠시 생각하더니 소년에게 손가락을 들어 보였다.

"이게 몇 개야?"

소년이 피식 웃었다.

"하나지 몇 개야?"

"좋아. 그럼 여기서 저기까지 똑바로 걸어 봐."

소년은 할머니가 시키는 대로 이쪽에서 저쪽까지 제법 똑바로 걸었다.

할머니가 고개를 끄덕이더니 전시장으로 다시 들어갔다.

"따라와."

소년이 귀찮은 듯 물었다.

"왜 돌아가는 거야? 집에 가야지. 집에 가서 이것들을 마음 놓고 먹을 거야."

할머니가 돌아섰다.

"무슨 소리! 그건 절대 안 될 말이야!"

"왜?"

할머니는 가방에서 음식들을 꺼내 소년에게 안겨 주었다.

"왜긴! 돌려줘야지!"

소년이 깜짝 놀라 물었다.

"어떻게?"

"어떻게라니? 그건 네가 더 잘 알 거 아니니?"

소년은 그제야 할머니가 단단히 화가 났다는 것을 알았다.

"넌 이걸 원래의 자리로 돌려놓고 와야 해. 알았니?"

소년은 풀이 죽어 고개만 끄덕였다.

"정신 똑바로 차려. 실수하면 안 돼."

할머니는 다시 한 번 다짐을 두고 쌩 돌아서더니 화가에게 다가갔다.

"아니, 할머니. 왜 또 오셨어요?"

"할 일이 남아 있어서 다시 왔다우."

"무슨 일인데요?"

할머니는 그를 집 그림 쪽으로 이끌었다.

"이 그림이 자꾸 어른거려서 말이우. 이 그림에 대해 좀 자세히 듣고 싶어요."

"아, 그러시군요."

화가는 기분 좋게 앞장섰다.

그 틈을 이용해 소년이 막 그림 속으로 들어가려 할 때였다. 화가가 고개를 돌리다가 소년을 발견했다.

"그림 만지면 안 된다!"

소년은 깜짝 놀라 그 자리에 멈춰 섰다.

할머니는 화가가 음식 그림을 보지 못하게 서둘러 그를 돌려세웠다.

두 사람이 이야기를 나누는 것을 본 소년은 그림 속으로 들어갔다. 순식간에 쏘옥 그림 속으로 빨려 들어가야 하는데 이번에는 그러지 못했다. 소리도 약간 났다. 그 소리에 화가가 고개를 돌려 음식 그림을 보았다. 그러고는 놀라 소리쳤다.

"내 그림! 내 그림에 사람의 발이…… 내 그림에 사람 발이……."

그림 앞으로 뛰어가려는 화가를 할머니가 잡았다.

"그럴 리가 없잖아요. 잘못 본 거겠죠."

화가는 할머니의 손을 뿌리치고 그림 앞으로 갔다. 그의 두 다리가 후들거렸다. 그러나 화가가 그림 앞까지 갔을 때는 이미 소년이 그림 속으로 완전히 들어간 후였다.

화가는 눈을 꿈쩍거려 보고 비벼 보고 하다가 고개를 흔들었다.

"그, 그렇죠? 그런 일은 있을 수 없는 거죠? 내가 어떻게 됐나 봐요. 전시 준비를 하느라 며칠 밤을 새웠더니……."

"그래요. 피곤하면 헛것을 볼 수도 있지요."

잠시 후 소년이 무사히 그림 속에 음식들을 두고 나온 것을 보고 할머니는 후유, 안도의 한숨을 내쉬었다. 그리고 화가에게 작별 인사를 했다. 화가도 할머니에게 작별 인사를 하기 위해 일어나다가 신음을 냈다.

"이럴 수가! 그림 속 음식들이 뒤죽박죽되었잖아!"

할머니가 보기에도 그림은 처음 그림과 달라져 있었다.

소년이 어깨를 움츠렸다.

"어디에 무엇이 있었는지 잊어버려서……."

할머니는 아이고, 한숨이 절로 나왔다.

할머니는 화가를 어떻게 위로해야 할지 몰라 횡설수설했다.

"그래도 사라진 것보다는 낫잖아요? 음식들이 다 돌아왔으니 된 거죠."

화가는 어리둥절했다.

"네? 뭐라고요?"

"그, 그러니까 내 말은……."

할머니는 더 할 말이 없어서 서둘러 작별 인사를 했다.

"내 말은, 그러니까 그림들이 무척 좋았다는 거예요. 우리 손자도 그림이 퍽 마음에 드는 모양이지만 우린 이제 가야겠군요. 잘 있어요."

그림 배탈

집으로 돌아온 두 사람은 너무나 지쳐 한동안 꼼짝도 할 수
없었다.

할머니가 소파에 누워 거실 그림을 올려다보았다.

"네가 매일 저 과일들을 먹어도 그대로기에 그림에는 아무
해를 안 끼치는 줄 알았어."

소년이 기어들어 가는 소리로 말했다.

"그림 속에서만 먹으면 그래."

할머니는 화가 나서 벌떡 일어나 앉았다.

"그걸 알면서도 넌 그 그림 속 음식들을 들고 나왔고 결국 그
림을 엉망으로 만들어 놨어!"

소년이 풀이 죽어 대답했다.

"나도 내가 왜 그랬는지 모르겠어. 너무 맛있었고 또다시 매
일 과일만 먹을 걸 생각하니 참을 수가 없었나 봐."

할머니가 쯧쯧 혀를 찼다.

"네가 100살이 넘었다고? 그런데 도대체 어떻게 살아온 거니? 나이가 든다는 건 그만큼 참을 줄도 아는 거잖아."

소년이 시무룩하게 말했다.

"우리는 나이가 드는 게 아니야. 그냥 그 나이인 거지."

"그게 무슨 말이니? 100살이라면서? 이 할미보다 나이가 많다고 큰소리쳤잖아."

"그건 어쨌든 내가 1923년에……."

할머니가 소년의 말을 잘랐다.

"네 나이가 몇 살이건 상관없어. 200살이라고 해도 아니, 1000살이라고 해도 말이야. 넌 어린애 같은 짓을 했으니까. 그것도 아주, 아주 어린애 같은. 다시는 너와 함께 전시장에 가지 않겠어."

소년이 깜짝 놀라 외쳤다.

"다시는 전시장에 안 간다고?"

"그래, 다시는 안 가!"

할머니의 단호한 말에 소년은 어깨를 축 늘어뜨렸다. 전시장에 가서 맛있는 음식들을 먹을 수 없게 됐을 뿐만 아니라

그토록 다정했던 할머니가 야단만 치니 서러운 생각이 들었던 것이다.

풀이 죽은 소년은 그림 속으로 들어가려고 몸을 돌렸다.

그 모습을 보자 할머니도 마음이 언짢았다.

"잠깐!"

할머니가 소년을 불러 세웠다.

"딱하구나. 넌 아직 어리고……. 아니, 어린 건 아니라지만 이쨌든 무엇이든 왕성하게 먹어야 할 어린 모습인데."

소년이 투덜거렸다.

"하지만 이제 안 간다면서? 그런 말을 해 봐야 뭐해?"

그때 할머니에게 좋은 생각이 떠올랐다.

"우리가 직접 그림을 그려 보면 어떨까? 아주 먹음직스러운 음식 그림을 말이야."

"그림을 그린다고? 누가?"

"우리가! 우리가 직접 그리는 거야. 내가 이래 봬도 학생 때는 그림을 썩 잘 그리는 편이었지."

할머니는 옛 생각에 잠긴 듯 미소를 띠었다. 그리고 정말 그

방법이 썩 괜찮다는 생각
이 들었다.

"가자!"

"어딜, 또?"

할머니는 소년의 손을 잡고
화방으로 달려갔다. 거기서 색
연필과 크레파스와 물감들을
종류별로 다 샀다. 종이도 샀다.

집으로 돌아오자마자 할머니는 미술 재료를 거실 바닥에 죽 늘어놓았다.

"멋진 그림을 그리자!"

할머니가 들뜬 목소리로 말하자 소년도 덩달아 기대에 부풀었다.

"맛있는 그림을 그려 줘."

할머니가 소년을 돌아보았다.

"너도 그려야지."

"난 한 번도 그림을 그려 본 적이 없는데?"

할머니는 깜짝 놀랐다.

"그림을 한 번도 안 그려 봤다고? 네가 사는 곳은 정말 이상하구나. 먹을 것도 제대로 안 주고 그림 그리기 같은 즐거움도 안 가르쳐 주고 말이야. 하지만 걱정 마. 금방 배워서 잘 그리게 될 거야. 넌 그림에서 나온 아이니까 말이야."

할머니는 소년에게 재료들을 하나하나 설명해 준 후 그림을 그리기 시작했다.

할머니의 손끝에서 모락모락 김이 나는 국수가 차차 모습을 드러냈다.

소년은 그것을 신기하게 지켜보다가 자기도 연필과 붓을 손에 잡았다. 소년은 생각나는 모든 음식을 이리저리 쑤셔 넣듯 그렸다. 둘은 그렇게 해가 지도록 그림을 그렸다.

드디어 할머니가 굳은 허리를 폈다. 맛있는 국수 그림이 완성된 것이다.

그때 소년의 배 속에서 요란한 소리가 났다.

"꾸르르륵!"

할머니가 깜짝 놀라 말했다.

"아이고, 그러고 보니 그림 그리느라 때를 놓쳤네. 우선 배를 좀 채우고 계속할래?"

소년이 기다렸다는 듯 소리쳤다.

"난 내가 그린 걸 먹을 거야!"

소년의 그림은 아직 미완성이었지만 밥과 불고기와 된장찌개가 어슴푸레 모양을 갖춰 가고 있었다.

소년은 의기양양 자기 그림 앞에 섰다. 그런데 그림 앞에서 한참 끙끙거리던 소년이 털썩 주저앉았다.

할머니가 놀라 물었다.

"왜? 왜 그래?"

"이상해. 그림에 들어갈 수가 없어."

할머니가 자기 그림을 가리켰다.

"그럼 이 국수라도 먹어 보는 건 어떠니?"

소년은 할 수 없이 할머니 그림 앞에 섰다. 그러자 예전처럼 그림 속으로 쑤욱 빨려 들어갔다.

할머니가 손뼉을 치며 좋아했다.

"오오, 내 그림으로 들어갔어!"

곧이어 후루룩 소리가 들려왔다.

"내 국수를 먹고 있어!"

그러나 그 후로는 이상한 소리가 났다.

"윽! 웩!"

할머니가 그림 가까이 다가가 귀를 세우는데 그림이 울렁거리더니 소년이 그림에서 비틀거리며 나왔다. 그러고는 벌컥 화를 냈다.

"도대체 그림에 무슨 짓을 한 거야?"

"무, 무슨 짓을 하다니?"

"할머니 국수를 먹자마자 다 토하고 말았어. 비위가 상해서 먹을 수 없었어."

할머니가 당황하여 물었다.

"그, 그건 그냥 그림이잖아. 넌 여태 그림 속의 음식들을 먹었고. 그동안 네가 먹던 그림들은 괜찮았잖아?"

소년도 이해할 수 없었다.

"그래. 이런 일은 처음이야. 아아, 아직도 속이 메슥거려."

56

"혹시 아까 전시장에서 먹은 술 때문이 아닐까?"

"몰라."

소년은 퉁명스럽게 말하곤 인사도 안 하고 자신의 그림 속으로 쑥 들어가 버렸다.

할머니는 소년이 걱정되어 안절부절못했다.

다음 날, 할머니는 새벽 같이 주방으로 나왔다. 할머니는 가스에 불을 켰다. 따다다다 소리를 내며 불이 켜졌다. 할머니는 늘 하던 대로 달그락달그락 보글보글 이른 아침을 준비했다. 그러나 거실 그림 속에서는 아무 소리도 들려오지 않았다.

"늦잠을 자는 건가?"

간혹 그런 때가 있기는 했다.

할머니는 식사를 마친 후 커피를 들고 거실에 가서 그림을 두드렸다. 그러나 그림은 조용했다. 한 번 더 두드려 보았지만 마찬가지였다.

할머니는 커피가 쓴지 단지 커피 향이 향긋한지 어떤지 느낄 수 없었다.

"어제 실망이 컸던 거야. 그래서 여기 오고 싶지 않은 거야."

할머니는 쓸쓸하게 창밖을 보았다. 꽃들과 나무들이 마구
흔들렸다. 꼭 작별 인사를 하는 것 같았다.

07

늙는다는 게 뭐야?

예전과 같은 날들이 지나갔다. 할머니는 혼자 밥을 먹고 혼자 커피를 마시고 혼자 TV를 보고 혼자 잠을 잤다.

"아무렇지도 않아. 난 늘 혼자였는걸?"

그러나 거실의 그림을 볼 때마다 마음이 흔들렸다. 그림은 늘 같은 자리에 있었지만, 여전히 훌륭한 그림이었지만 할머니는 그림을 볼 때마다 가슴속이 휑했다. 종종거리던 소년의 발걸음 소리, 재갈재갈 떠들던 소년의 목소리, 그리고 할머니를 부축해 주던 소년의 따뜻한 손이 그리웠다.

아침마다 할머니는 커피 잔을 들고 그림 앞에 섰다.

"내가 저기로 들어갈 순 없을까? 그러면 그 아이를 찾아가 미안하다고 말할 수 있을 텐데……."

그날도 그랬다. 할머니는 그림을 바라보며 중얼거렸다.

"내가 그림 속으로 들어갈 수만 있다면 그림 세상을 다 뒤져서라도 너를 찾아가 미안하다고 말할 텐데……."

그때 그림이 크게 울렁거리더니 그림 속에서 한 사람이 튀어 나왔다. 수염이 덥수룩한 남자였다.

할머니는 또 커피 잔을 떨어뜨리고 말았다. 할머니가 그에게 누구냐고 물어보기도 전에 뒤를 이어 사람들이 우르르 쏟아져 나왔다. 할머니는 겁이 나서 저도 몰래 뒷걸음질을 했다. 그러나 사람들 속에서 소년을 발견하고는 뛸 듯이 기뻐했다.

할머니는 사람들을 헤치고 소년에게 가서 손을 잡고 흔들었다.

"어서 와, 어서 와! 다시는 못 보는 줄 알았어!"

소년은 시무룩이 눈을 내리깔았다.

할머니가 걱정스럽게 물었다.

"왜 그래? 아직도 내 그림 때문에 아픈 거니?"

"아니, 이제 괜찮아."

"그럼, 나에게 화가 난 거니?"

"아니야."

"그런데 그동안 왜 안 온 거야?"

소년이 눈을 들어 할머니를 보았다.

"그럴 일이 있었어. 오늘은 할머니에게 물어볼 게 있어서 왔어."

"뭔데?"

"늙는다는 게 뭐야?"

할머니의 눈이 둥그레졌다.

"늙는다는 게 뭐냐고? 그런 걸 왜 묻지?"

"내가 오늘 아주 중요한 결정을 해야 하거든. 그러려면 늙는다는 게 뭔지 알아야 해."

"늙는다는 거라……."

설명을 하려던 할머니는 사람들이 귀를 세우고 둘 가까이 모여드는 것을 보았다. 그 사람들 가운데는 할머니 나이로 보이는 사람들도 꽤 있었다.

"저 사람들에게 물어보면 되잖아."

소년이 그 사람들을 돌아보고 한숨을 쉬었다.

"내가 이 모습으로 세상에 나온 것처럼 저 사람들도 저 모습으로 나온 거야. 할머니처럼 아기로 태어나서 점점 자라 어른이 되고 늙은 게 아니야. 그러니 늙는다는 게 뭔지 몰라."

할머니는 소년의 말을 듣고는 입을 쩍 벌렸다.

"저 모습으로들 태어난 거라고? 그리고 쭉 같은 모습으로 살아간다고? 참 딱하네."

사람들은 할머니가 쯧쯧 혀를 차자 기분이 나빴다. 하지만 할머니의 대답이 궁금해 꾹 참았다. 늙는 것에 대해 대답할 사람은 할머니밖에 없었기 때문이었다.

할머니는 곰곰 생각했다. 여태까지는 시간이 지나면, 나이가 들면 자연히 늙는 것이라고만 받아들였다. 소년을 만나기 전날처럼 깜빡깜빡 잊게 되고 외로워지고 어딘가가 늘 아픈 것. 그리고 죽음과 가까워지는 것. 늙는다는 건 그런 것이었다. 하지만 그것만이 다는 아니다.

"늙는다는 게 뭐냐 하면, 경험이 쌓이는 거야. 여기저기 많은 곳을 다니고 많은 사람과 만나고 헤어지고 이 일 저 일 많은 일을 겪으면서 쌓이는 경험 말이야. 책에서는 절대 배울 수 없는 것들이지."

소년의 얼굴이 활짝 퍼졌다.

"늙는다는 건 멋진 거네?"

그때 누군가가 소리쳤다.

"거짓말이야. 그 말이 사실이라면 사람들은 왜 그토록 늙지

않으려고 발버둥을 치지?"

할머니가 절레절레 고개를 저었다.

"그게 문제라니까. 건망증이라는 게 있어서 말이지. 사람들은 좋았던 걸 금방 잊곤 한다오. 어렸을 땐 빨리 어른이 되기를 그렇게 기다렸고, 평생 남보다 나이 많은 걸 내세우곤 하면서 말이야."

또 다른 목소리가 말했다.

"솔직히 말해 보세요. 그럼 할머니는 늙는 게 좋습니까?"

"늙는 건 좋다 나쁘다 말할 수 있는 게 아니에요. 잘 늙어 가기를 바라야 하는 거지."

사람들은 수군거렸다.

"그러니까 좋다는 거야, 나쁘다는 거야?"

할머니가 고개를 저었다.

"그건 내가 나인 게 좋은 건지 나쁜 건지 묻는 것과 같아요."

사람들은 고개를 갸웃했다. 할머니 말을 들으면 들을수록 늙는다는 게 무언지 아리송했기 때문이었다.

할머니는 소년에게 물었다.

"그런데 갑자기 왜 그게 궁금한 거지? 뭘 결정해야 하는 거야?"

"그게……."

소년이 머뭇거리자 맨 처음 그림에서 나왔던 수염 남자가 앞으로 나섰다.

"어느 세계나 질서라는 게 필요합니다. 그런데 이 아이는 우리의 질서를 여러 번 깼어요. 애초에 할머니 집을 들락거리는 것부터가 잘못이었지요. 할머니가 자신을 쓰레기 더미에서 구해 주었으니 할머니를 도와야 한다고 해서 허락했던 건데, 그때부터 어긋나기 시작했던 겁니다. 이쪽 세상을 구경하면서 이 아이는 마치 자기가 영웅이 된 양 떠벌리고 다녔습니다."

할머니가 대수롭지 않다는 듯 중얼거렸다.

"그거야 뭐, 어린아이니까……."

수염 남자가 단호하게 고개를 저었다.

"우리에겐 어린아이니 노인이니 하는 건 아무 관계가 없는 말입니다."

"아니, 어떻게 그럴 수 있어요? 아이들은……."

수염 남자는 할머니의 말을 잘랐다.

"결정적으로 며칠 전!"

수염 남자의 말에 할머니는 전시장에서의 일이 생각나 뜨끔했다.

"그림 세상에서 가장 중요한 게 뭔지 아십니까? 그건 바로 그림과 색입니다. 그림과 색이 우리 세상의 가장 소중한 가치입니다. 그걸 망가뜨린다는 것은 상상도 할 수 없어요!"

할머니가 두 손을 모아 용서를 빌었다.

"나 내 살못이에요. 내가 전시장에 가자는 말만 하지 않았더라면……. 하지만 아이가 먹을 것을 제대로 먹지 못하니까……."

"우리들은 먹을 게 필요하지 않아요."

할머니가 고개를 저었다.

"먹을 게 필요하지 않다니! 그런 말이 어디 있어요? 먹는 건 큰 즐거움이에요. 그런데 이 아이는 과일밖엔 믹을 수 없었어요. 얼마나 딱한 일이에요?"

수염 남자가 이마를 찌푸리며 고개를 흔들었다.

"아, 됐습니다. 할머니에게 우리 세상을 이해시킬 필요는 없지요."

그리곤 소년에게로 돌아섰다.

"너는 우리의 법칙을 잘 알고 있지 않느냐? 그런 네가 왜 그렇게 먹을 것에 집착했지?"

소년이 기어들어 가는 소리로 말했다.

"할머니가 식사하는 걸 매일 보다 보니 나도 그렇게 하고 싶어졌어요. 그리고 색다른 걸 먹어 보니 너무 맛있어서 그만……."

수염 남자가 혀를 찼다.

"호기심과 욕심이 늘 문제라니까. 하지만 이제 그런 말이 무슨 소용이 있겠니. 어서 결정해라. 이 세상으로 건너오면 다시는 우리 세상으로 올 수 없고, 우리 세상에 남으면 이곳은 완전히 잊어야 한다."

듣고 있던 할머니는 깜짝 놀랐다.

"지금 당장 이 세상과 그림 세상을 결정해야 한다고?"

할머니는 소년이 궁지에 몰린 것에 자신도 책임이 있다고 생각했다. 할머니는 어떻게든 소년을 돕고 싶었다. 우선은 소년에게 생각할 시간을 더 줘야 할 것 같았다.

'어쩐다? 무엇으로 시간을 끌지?'

궁리하던 할머니 눈이 사람들의 신발과 더러워진 거실 바닥에 가 멈췄다. 소년만이 신발을 들고 있었다.

할머니가 수선스럽게 사람들에게 소리쳤다.

"이런! 이런! 모두 신발을 신고 있잖아! 이게 무슨 경우람? 남의 집에 신발을 신고 들어오다니! 그쪽 사람들은 예의범절도 모르는 거예요? 이 아이도 처음에 그러더니!"

할머니의 갑작스러운 호통에 사람들은 깜짝 놀라 자신의 발을 내려다보았다. 그리고는 오른발을 들었다 왼발을 들었다 어쩔 줄을 몰라 했다. 수염 남자도 껑충거리며 허둥댔다.

할머니가 집 안에 있는 걸레와 빗자루와 쓰레받기 등을 모두 가져왔다.

"신발을 벗고 어서 청소해요!"

사람들은 할머니가 시키는 대로 신발을 벗어 현관 앞에 가지런히 두고 청소 도구를 하나씩 집어 들었다.

그렇게 사람들의 정신을 쏙 빼놓은 뒤 할머니는 소년을 구석
으로 데려갔다.

"결정했니?"

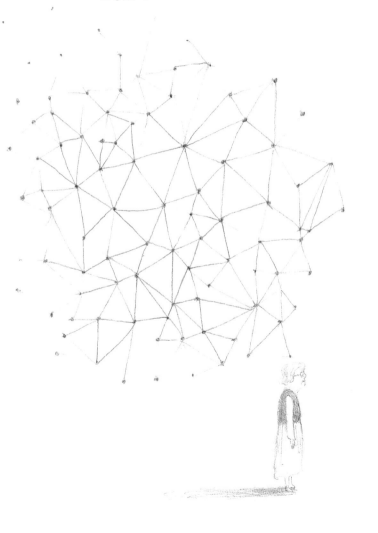

소년이 대답을 못 하자 할머니가 소년을 꼭 안아 주었다.

"잘 생각했다. 네가 살던 곳에서 살아야지. 하지만 네가 없으면 참 쓸쓸할 거야."

할머니에게 안긴 소년이 말했다.

"나랑 같이 가. 나랑 같이 그림 세상으로 가."

할머니가 깜짝 놀라 물었다.

"내가 그림 세상에?"

솔깃한 말이었다. 그러나 할머니는 이내 고개를 저었다.

"난 자신 없어. 낯선 곳에 가서 낯선 사람들에게 둘러싸여 어떻게 살아?"

"내가 있잖아. 여기서도 나 아니곤 찾아오는 사람이 없잖아."

할머니는 아무 대꾸도 못 했다.

"그뿐이야? 할머니는 가스 불 안 끄기 일쑤고, 물도 잘 안 잠그고, 전등도 켜 놓고 자고, TV도 하루 종일 틀어 놓을 때가 많잖아. 내가 처음에 할머니를 봤을 때 할머니는 욕조에서 잠들어 있었어. 내가 깨우지 않았다면 감기에 된통 걸렸을걸?"

할머니가 눈을 둥그렇게 떴다.

"그게 너였어? 난 꿈을 꾼 줄 알았지!"

소년이 할머니의 손을 꼭 잡았다.

"내가 할머니 곁에 늘 함께 있을게."

할머니는 마음이 흔들렸다.

"정말이니?"

"외롭지 않을 거야. 더 늙지도 않을 거고."

"외롭지 않고 늙지도 않을 거라고?"

할머니는 지난 며칠 동안을 생각했다. 쓸쓸하고 막막하고 하루가 너무 길었다. 할머니는 정말 다시는 소년과 헤어지고 싶지 않았다.

할머니는 짐을 싸기 시작했다.

"그래, 까짓것. 죽기 전에 낯선 곳에 한 번 가 보는 거지 뭐."

할머니는 옷, 양말, 모자, 신발과 책, 밑반찬까지 챙겼다.

그림 세상 사람들이 그 모습을 보고 할머니와 소년 주위로 모여들었다.

"할머니가 우리 세상에?"

"그래도 되는 거야?"

"할머니가 우리 세상으로 오면 매일 이렇게 청소를 시킬지도 몰라."

"어이쿠! 큰일 나겠네."

"제일 큰 문제는 어느 그림에 끼워 넣느냐는 거야."

"그거야 저 아이의 과일 그림 속으로 들어가야지."

사람들이 갸우뚱했다.

"어울릴까?"

할머니는 귀는 어두웠지만 눈치는 빨랐다.

할머니는 짐 싸는 손을 멈추었다. 그리고 소년에게 물었다.

"거기 파스는 있니?"

"그런 건 없어. 나도 여기서 처음 본 건데?"

"파스가 없다고? 그럼 난 못 가."

소년이 펄쩍 뛰었다.

"그런 말이 어디 있어? 파스가 없어서 못 간다니!"

할머니는 가방에 쌌던 짐들을 도로 꺼내며 말했다.

"다시 생각해 보니 네가 사는 세상은 더 이상 늙지도 죽지도 않는 세상이라면서?"

"그런데?"

"그게 문제인 거야. 죽지도 않고 끝없이 내 신경통이랑 싸울 생각을 하니 엄두가 안 나. 난 안 가."

그리고 이렇게 덧붙였다.

"늙는다는 건 새로운 도전을 두려워하는 것이기도 하지."

할머니를 물끄러미 보던 소년이 할머니 옆에 앉았다.

"그렇다면 내가 새로운 도전을 하겠어."

"무슨 말이야?"

"내가 여기에서 할머니와 함께 살겠다는 말이야."

사람들은 물론 할머니도 깜짝 놀랐다.

"너는 파스가 필요한 나이가 아니잖니!"

"할머니에게 파스를 붙여 줄 사람이 필요하잖아!"

08

한꺼번에 달려드는 시간

할머니와 소년은 함께 살게 되면서 밥도 함께 먹고 시장에도 함께 갔다. 빨래도 함께 개고 쓰레기도 함께 버렸다. 가끔은 화장실 수건을 삐뚤게 걸어 놓았다고 할머니가 소년에게 잔소리를 하기도 하고, TV 채널 때문에 다투기도 했다. 그래도 둘은 늘 함께였다. 그래서 행복했다. 거실에 있던 과일 그림은 창고 속으로 들어가 보이지 않았다.

소년은 쑥쑥 자랐다. 매일 아침 거울 속 소년의 모습은 조금씩 달라졌다. 눈썹? 코? 광대뼈? 어딘지는 확실히 모르지만 모든 것이 조금씩 변하고 있었다.

할머니는 날마다 소년의 키를 재며 소년이 건강하다고 기뻐했다. 처음에는 그랬다. 그러나 언제부터인가 할머니는 걱정되기 시작했다.

"넌 내가 어렸을 때보다 훨씬 빨리 크고 있어."

소년이 대수롭지 않게 말했다.

"그동안 멈춰 있던 시간이 한꺼번에 달려오나 봐. 어쨌든 빠른 건 좋은 거잖아."

할머니도 그랬다. 소녀였던 때에는 빨리 어른이 되고 싶어 안달했다.

할머니는 소년이 사람들의 눈을 더 이상 속일 수 없을 만큼 눈에 띄게 자랄 때마다 이사를 가야 했다. 그때마다 창고 안 그림도 가져갔다.

소년은 목소리가 변하더니 코밑에 까끌까끌 수염이 돋았다. 소년의 마음속에도 무언가가 따끔따끔 돋아나는 것 같았다. 그러자 헛바닥에도 가시가 생겼다. 소년은 할머니가 하는 말마다 아프게 콕콕 쏘는 대답을 하곤 했다. 터무니없는 거짓말도 했다.

소년은 옷 투정을 하고 머리를 만지느라 거울 앞에서 시간을 보냈다. 늘 할머니와 함께 있겠다던 약속은 까맣게 잊었다. 대신 비밀의 담을 두텁게 쌓아 갔다. 소년은 그 담 안에서 책 속에 빠졌다가 노래에 빠졌다가 귀여운 소녀에 빠지기도 했다.

할머니는 위태위태했던 자신의 옛날을 떠올렸다. 그때 세상은 불공평하고 미래는 불투명했다. 몸도 마음도 들쑥날쑥 힘겨웠다. 소년도 그러리라고 생각하며 할머니는 서운함을 달랬다.

소년은 청년이 되었다. 사람들은 청년에게 높은 곳의 물건을 꺼내 달라 부탁하곤 했다. 청년은 울끈불끈 힘을 자랑하며 시내를 활보하곤 했다. 싸움도 하고 술도 마셨다.

할머니는 그런 청년을 날릴 수 없었다.

"젊었을 때에는 불멸인 듯 살아가지. 꼭 너의 그림 세상처럼 말이야."

청년이 오랜만에 할머니를 바로 보았다.

"그림 세상이오? 잊고 있었어요!"

그러곤 의기양양 웃었다.

"그곳은 정말 지루하고 답답한 곳이었어요. 이곳에서 살기로 결정하길 얼마나 잘했는지 몰라요. 이 세상에는 맛있는 음식도 무척 많고 멋진 여자들과 근사한 곳도 많잖아요!"

할머니의 젊은 시절도 그랬다. 세상 끝까지 가 보고 싶었다.
늘 새로운 것을 꿈꾸고 새로운 사람들을 만났다. 어디에 있어
도 무엇을 해도 그녀는 눈부셨다. 그러나 어떤 것에도 만족할
수 없었고 행복하지 않았다.

어느덧 청년의 눈가에 주름이 하나둘 생기더니 흰머리가 나기 시작했다. 눈도 침침해졌다. 밖으로만 나돌던 남자는 할머니 곁으로 돌아왔다.

어느 날 남자는 할머니가 검정 옷을 입고 허둥지둥 가는 것을 보았다.

"어디 가세요?"

"친구에게 가."

몇 걸음 걸어가던 할머니가 되돌아왔다. 그러고는 남자에게 검은 양복을 입고 따라오라고 했다.

할머니와 남자는 버스를 타고 전철을 타고 한 병원 앞에 멈췄다. 그리고 정문이 아닌 뒷문으로 갔다. 그곳에서는 모두 검은 옷을 입고 있었다. 안에는 방이 여럿 있었는데 각 방의 입구에는 커다란 꽃들이 문지기처럼 서 있었다.

할머니는 끝 방으로 들어갔다. 남자도 따라 들어갔다. 벽에 기대어 있던 검은 옷의 사람들이 줄줄이 일어나 할머니에게 인사를 했다. 할머니도 인사를 했다. 그리고 꽃으로 둘러싸인 사진 앞으로 갔다. 사진 속에는 할머니 연배로 보이는 또 다른 할

머니가 미소 짓고 있었다.

할머니는 그 사진 앞에 국화꽃을 올려놓고 절을 했다. 남자도 따라 했다.

집으로 돌아오는 길에 남자는 할머니의 눈에 눈물이 맺힌 것을 보았다.

"우린 친구였어. 오래전부터. 그리고 오랫동안."

할머니는 며칠 동안 창밖만 보았다. 남자는 할머니를 방해하지 않았다.

며칠 후 할머니는 오래전 남자가 소년이었을 때 나왔던 그림을 창고에서 꺼냈다. 할머니는 그림의 먼지를 닦아 내고 거실 벽에 걸었다. 그리고 그림을 향해 말했다.

"이 사람이 다시 당신네 세상으로 갈 수 있는 방법을 알려 주세요. 부탁이에요."

남자가 깜짝 놀라 물었다.

"지금 무슨 말을 하는 거예요? 나는 돌아가지 않아요. 돌아갈 수도 없고요."

하지만 할머니의 생각은 달랐다.

"아니야. 올 수 있었으니 갈 수도 있을 거야."

"왜 갑자기 나를 보내려고 하는 거예요? 우리 잘 살아왔잖아요. 앞으로 내가 더 잘할게요."

"앞으로? 넌 곧 노인이 될 거야. 그러기 전에 어서 돌아가는 게 좋아."

할머니는 남자가 말리는 것을 아랑곳하지 않고 몇 날 며칠을 그림 앞에서 주문을 외우듯 애원했다. 그러는 동안 남자는 할아버지가 되었다. 시간이 그에게는 점점 더 빨리 흐르는 것 같았다. 이제는 할머니보다 나이가 더 들어 보이기까지 했다.

마음이 급해진 할머니는 그림을 두드리고 흔들어 댔다.

할아버지는 힘없이 고개를 저었다.

"제발 쓸데없는 일에 매달리지 말아요. 내가 들어갈 그림이 없는걸요."

할머니가 거실에 걸어 놓은 그림을 가리켰다.

"여기 있잖아요. 이건 당신 그림이잖아요."

할아버지가 그림을 물끄러미 보았다.

"거기엔 아름다운 소년이 들어가야지요. 나 같은 늙은이가 있을 곳이 아니에요."

할머니는 순간 말문이 막혔다.

"그러니 이제 그만해요. 나는 바람이나 쐬다 올게요."

할아버지가 나가자 할머니는 다시 그림 앞으로 갔다. 할머니는 그림을 두드리고 흔들고 소리치고 또 두드리고 흔들고 소리쳤다. 할머니는 포기할 수가 없었다.

마침내 그림이 울렁거리더니 수염 남자가 비틀거리며 나왔다.

"아이고, 어지러워. 그림을 그렇게 흔들어 대면 어쩝니까?"

할머니는 놀랍고 반갑고 부안했다.

"아무리 불러도 대답이 없기에 그랬지요. 미안해요."

"그런데 그 아이가 다시 그림 세상으로 오겠다니. 왜지요? 그는 이곳 세상에서 행복하지 않았나요?"

"행복? 행복하기도 하고 슬프기도 했지, 늘 행복하기야 했겠수?"

"그럼 만족하지 못했던가요?"

"만족? 그야 만족할 때도 있고 그렇지 못할 때도 있었겠지요."

"그는 이곳을 좋아하지 않았나요?"

할머니가 수염 남자를 보았다.

"한 사람이 태어나 자라고 늙어 죽을 때까지가 그리 간단하다고 생각하는 거예요? 행복했느냐, 만족했느냐, 좋아했느냐? 그런 질문들에 한마디로 답할 수 있는 건 인생이 아니에요. 더구나 죽음을 앞에 두고 있는 우리 늙은이들에게는요."

"우리 늙은이라니요?"

할머니가 한숨을 쉬었다.

"소년은 이제 나 같은 노인이 되었어요. 노인이 되는 건 순식간의 일이지요. 그리고 가엾게도 죽음이 그를 따라잡으려 해요."

"죽음이라고요? 죽음이 뭐지요?"

할머니는 고개를 저었다.

"그건 설명할 수 없어요. 나도 겪어 보지 못했으니까. 하지만 나는 그가 죽음이라는 말조차 모르는 당신네 세상으로 돌아갔으면 좋겠어요."

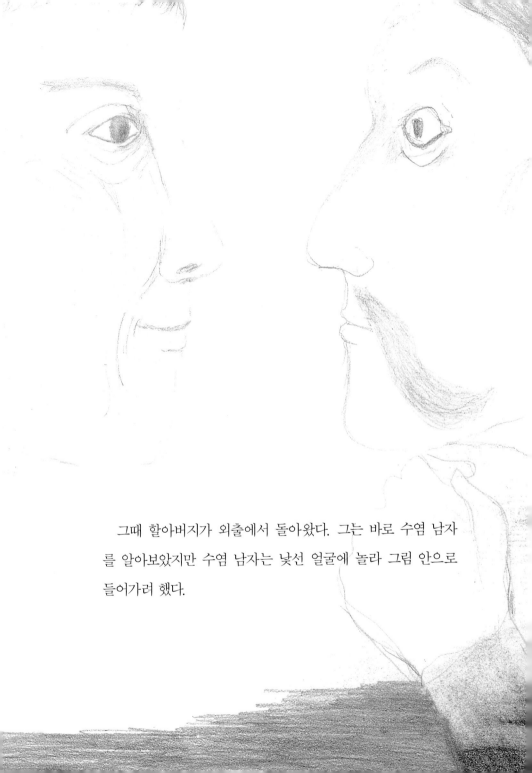

그때 할아버지가 외출에서 돌아왔다. 그는 바로 수염 남자를 알아보았지만 수염 남자는 낯선 얼굴에 놀라 그림 안으로 들어가려 했다.

할아버지가 그를 잡았다.

"나를 모르겠어요?"

수염 남자가 질겁을 하며 손을 뺐다.

"누, 누구요?"

할아버지가 한 발 뒤로 물러났다.

"하긴 알아보지 못하는 게 당연하지요."

할머니가 슬프게 말했다.

"그 소년이에요! 이 그림 속에 있던 소년이라고요!"

수염 남자는 눈을 커다랗게 떴다.

"정말 당신이 그때 그 소년이란 말이오?"

할머니가 수염 남자에게 말했다.

"나는 이 사람을 내 친구처럼 보내기 싫어요. 한 사람씩 떠나갈 때마다 난 죽을 것 같은 고통을 느꼈어요. 그러니 이 사람만이라도 죽음이 없는 곳에 가서 예전처럼 평화롭게 살았으면 좋겠어요."

할아버지는 검은 옷을 입고 버스 안에서 울던 할머니가 떠올랐다.

두 사람 곁에서 주름진 할아버지를 이리저리 뜯어보던 수염 남자가 소리쳤다.

"그때 그 소년이 보이는군요."

수염 남자는 할아버지의 눈을 가리켰다.

"눈빛이 그때 그 아이예요."

할머니가 손뼉을 치며 좋아했다.

"알아보다니 정말 다행이야."

수염 남자는 여전히 놀라움에서 벗어나지 못하고 있었지만 차차 안쓰럽고 안타까운 마음이 들었다. 그는 마침내 고개를 끄덕였다.

"좋습니다. 이 사람을 다시 우리 그림 세상에 받아 주기로 하지요."

할머니가 할아버지의 손을 잡았다.

"잘됐어요. 정말 잘됐어요. 이제야 좀 안심이 되네요."

할아버지는 기뻐하는 할머니를 내려다보더니 한숨을 쉬었다. 그리고 수염 남자에게로 돌아섰다.

"시간을 좀 주세요."

"시간을 달라고요? 이유가 뭐요?"

할아버지가 집을 둘러보며 말했다.

"보다시피 이 집도 우리처럼 낡아서 늘 말썽이 많지요. 그러니 내가 떠나기 전에 이 집을 깨끗이 손보고 싶어요."

"그런 이유 때문이라면 허락을 안 해 줄 수 없겠군. 그럼 일을 마치는 대로 나를 다시 부르시오."

수염 남자는 그림 속으로 사라졌다.

09

마지막

할아버지는 삐걱거리는 문을 고치고, 수도꼭지를 고치고, 헐거워진 창틀을 고쳤다. 할아버지의 손길이 닿는 곳마다 집은 새로 지은 것처럼 말끔해졌다.

할머니는 그런 할아버지를 위해 매일매일 맛있는 음식들을 마련하고 따뜻한 목욕물을 준비했다.

드디어 할아버지가 망치와 톱을 내려놓자 할머니가 미소를 지었다.

"이제 돌아갈 시간이 되었군요. 가면 사람들에게 할 이야기도 많겠어요. 그 사람들, 늙는다는 게 뭔지 궁금해했잖아요."

"그렇겠지요. 하지만 나를 보고 섣불리 생각하게 될까 봐 걱정이 돼요."

"뭘 말이죠?"

"이렇게 흰머리가 생기고 얼굴이 쭈글쭈글해지고 힘이 없어진 걸 늙는 것의 다라고 생각할까 봐 말이오."

할머니는 할아버지의 다음 말을 기다렸다.

"나는 천천히 걷게 되면서 주위를 살펴보는 법을 배웠어요. 눈이 나빠지면서 너무 가까운 것 말고 멀리 보는 법도 알게 되었고. 귀가 잘 들리지 않게 되자 남의 말에 귀를 기울이게 되었지요. 이런 것들이 다 늙으면서 갖게 된 것들이에요."

할머니가 빙그레 웃었다.

"참 멋지게 들리는걸요?"

"그런데 딱 한 가지 말해 줄 수 없는 게 있어요."

할머니는 그것이 무엇인지 짐작했다.

"나이가 들수록 죽음이 점점 가까이 다가온다는 느낌이 들어요. 하지만 정작 그 죽음이 뭔지는 모르는 거죠."

"글쎄. 나도 아직 죽어 보지 못했으니 할 말은 없지만 이건 알아요. 죽음만큼 누구나 다 겪는 건 없어요. 어느 누구도, 아무리 대단한 사람이라도 죽음은 피해 갈 수 없지요. 살아 있는 모든 것은 시간에 먹히는 거니까요."

할아버지는 그림을 바라보았다. 그림 속 세상은 늘 조용하고 늘 그대로였다. 제자리가 아닌 것이 있을 때에는 큰일이 났다.

그래서 어떠한 일도 일어나지 않았다.

"어쩌면 그림 속 세상이 죽음과 같지 않을까 그런 생각이 드네요. 다시는 변하지 않는 것. 그게 바로 죽음이 아닐까 하고요. 시간이 존재하지 않으니 자랄 수도 죽을 수도 없는 거 아니겠어요?"

할아버지는 할머니에게로 돌아섰다.

"그것이 죽음이라면……."

할머니가 꼴깍 침을 삼켰다.

"그럼 나는 그 죽음을 이미 겪었던 게 아닐까요?"

할아버지의 얼굴에 평화로운 미소가 번졌다.

"그렇다면 굳이 내가 돌아갈 필요는 없을 것 같군요."

할머니가 펄쩍 뛰었다.

"무슨 소릴 하는 거예요? 집도 튼튼해졌고 이제 여기에 당신이 할 일은 없어요. 그러니 어서 돌아가요. 그리고 마음 편하게 지내요."

할아버지가 고개를 저었다.

"그림에 갇혀 영원을 사는 거, 정말 그게 더 낫다고 생각하는 거요?"

"그, 그거야……"

할아버지가 갑자기 웃음을 터뜨렸다.

"그때 생각나요? 나랑 그림 세계로 가자고 했더니 당신이 그랬지요. 파스가 없어서 못 간다고, 영원히 신경통이랑 싸우며 사는 건 싫다고. 하하하."

할머니도 웃었다.

"그랬죠."

"이제 나는 그 말끼지도 이해하게 되었어요."

할머니가 미처 대꾸하기 전에 할아버지가 문을 열었다.

"시간이 우리를 먹어 버리기 전에 우리 산책이나 합시다."

공원에는 이미 가을을 넘어 겨울이 시작되고 있었다.

할머니는 할아버지의 옷깃을 여미어 주었다.

"날씨가 꽤 추워졌는데요? 옷을 더 따뜻하게 입고 나올걸 그랬나 봐요."

할아버지가 빙긋 웃었다.

"당신은 늘 그림에서 막 튀어나왔을 때처럼 나를 대해요."

"내게 당신은 그때 그 소년이에요. 좀 쭈글쭈글해졌을 뿐이지요."

"내가 처음부터 말했지만 난 당신보다 나이가 많다니까."

할머니는 어깨를 으쓱했다.

"그게 뭐 그리 중요하다고. 역시 어린애 같다니까."

두 사람은 천천히 걸어 공원 끝까지 갔다. 그곳에는 커다란 호수가 있었다. 호수에는 세상 모든 것이 들어 있었다. 나무, 꽃, 바위, 구름까지도. 그러나 그것들은 모두 거꾸로였다. 두 사람의 모습도 호수에서 거꾸로 흔들거렸다. 그림 액자가 거꾸로 달려 있는 것만 같았다.

할머니가 할아버지를 올려다보았다.

"그나저나 수염 씨가 이제나저제나 기다리겠는걸요?"

할아버지가 빙긋 웃었다.

"그 사람은 아마 내가 돌아가지 않으리라는 걸 알고 있었을 거요."